COMTE DE CHOISEUL-DAILLECOURT

SOUVENIRS

POÉSIES

TROISIÈME PARTIE

PARIS

AMYOT, RUE DE LA PAIX

1867

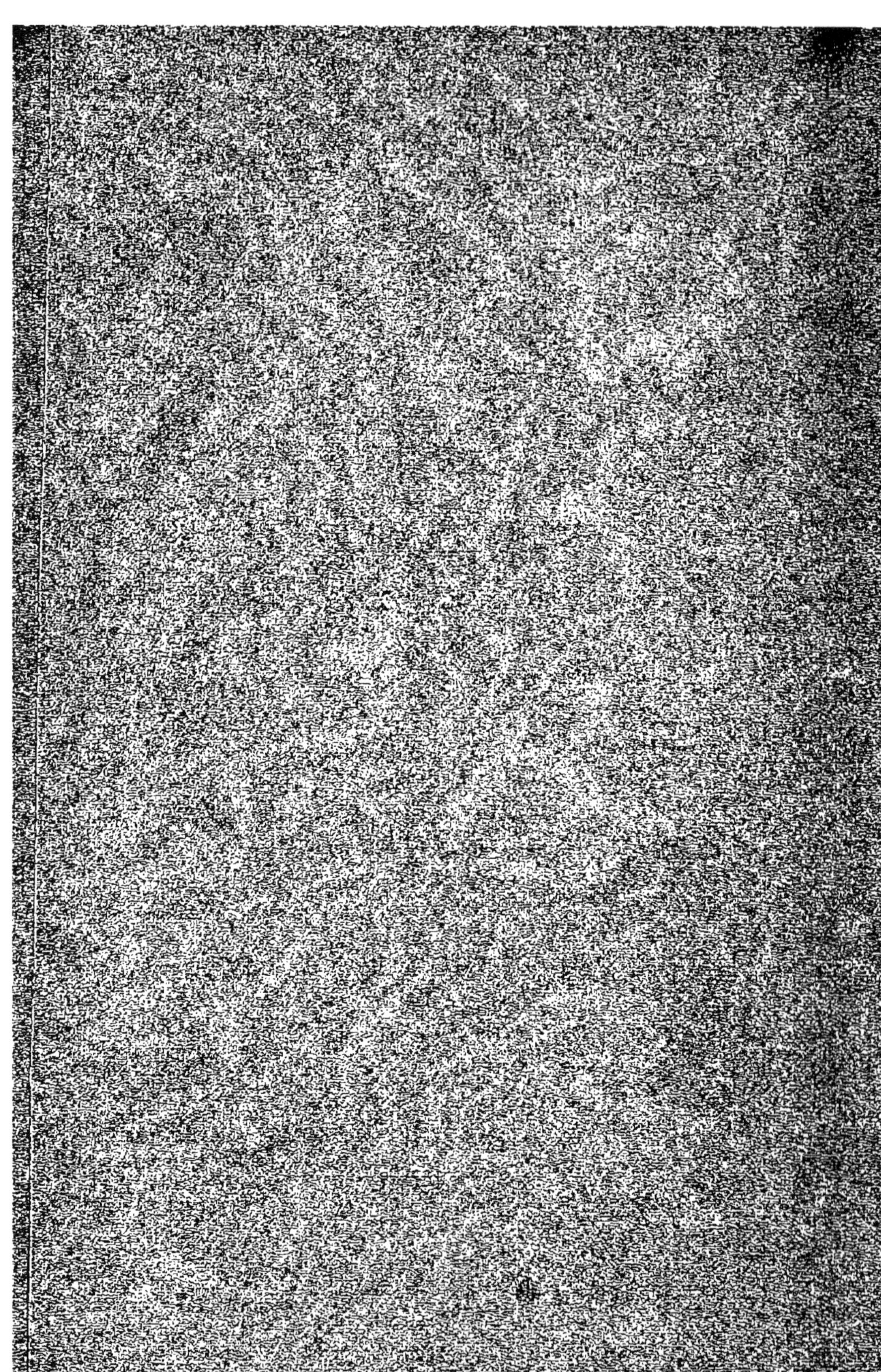

SOUVENIRS

POÉSIES

—

TROISIÈME PARTIE

PARIS

AMYOT, RUE DE LA PAIX

—

1867

Paris. — Typographie de Ad. Lainé et J. Havard, rue des Saints-Pères, 19.

RÊVE ET RÉALITÉ

ÉLÉGIE

A LAMARTINE

QUINZE ANS. — TRENTE ANS

Quinze ans !..... A cet âge tout est beau, tout est poétique; toute femme paraît un ange, tout homme un ami; on se croit poëte, ambassadeur, général ou ministre; déjà l'on voit son nom dans les fastes de l'histoire.

— Illusions !... folies !... dites-vous, mais que ces illusions ont de charmes, que ces folies sont douces ! — . . . .
. . . .

. . . A trente ans, vous admirez encore une femme belle et gracieuse; mais vous l'admirez comme la rose dont vous craignez les épines; on se méfie de l'homme, car on sait qu'en ce monde il y a plus d'indifférents que de vrais amis; vous n'êtes ni poëte, ni ambassadeur, ni général, ni ministre. — La raison est venue; mais avec elle les heures d'ennui et de désenchantement.

RÊVE ET RÉALITÉ

ÉLÉGIE

Oui! je croyais la vie et plus douce et plus belle,
Lorsque j'étais enfant.
A cet âge tout brille, aux yeux tout étincelle,
On marche triomphant.

Lorsqu'un soleil de pourpre enflammait la campagne,
Par un beau soir d'été,
Que la lune argentait le lac sous la montagne
De sa pâle clarté;

Je me disais alors : J'aurai sur cette terre
Des jours délicieux !
Je ne vois rien mourir; oh ! non, rien ne s'altère,
Je vois partout les cieux.

Lorsque le rossignol vient chanter sur la branche,
Ne me charme-t-il pas?
N'ai-je point du plaisir à fouler sous mes pas
La modeste pervenche?...

1.

II

Quand survint l'âge de l'amour,
Où l'on rêve sous les charmilles
Aux yeux baissés des jeunes filles,
Où l'on attend la fin du jour,
Pour voir passer dans la soirée
Une robe moirée.

Souvent de ma paupière une larme glissait,
Une larme brûlante,
Et l'heure qui s'enfuit me semblait fuir trop lente,
Et mon corps frémissait,
Et mon cœur bondissait,
Si j'entendais au loin la voix de mon amante,
Si douce et si charmante.

Et tout bas je me dis :
O temps aimé de ma jeunesse !
Est-il des nuits en paradis,
Des nuits aussi pleines d'ivresse ?

III

A peine ai-je compté trente ans,
Et bien des fois j'ai vu s'évanouir mon rêve :
Ainsi nous voyons les autans
Briser un vaisseau sur la grève.

Ainsi l'on voit la rose embaumer le jardin
A l'aube du matin ;
Elle brille à midi, le soir elle est flétrie,
Et ses feuilles demain joncheront la prairie.

En un instant j'ai vu la plus riche moisson
Détruite par la grêle ;
J'ai vu parfois un nid tomber sur le gazon ,
La branche étant trop frêle.

J'ai vu dans la forêt un chêne vigoureux
Rompu par la tempête ;
J'ai vu deux jeunes gens, ils étaient amoureux,
Aller croiser le fer au sortir d'une fête.

J'ai vu, mon Dieu! j'ai vu mourir dans leur printemps
De fraîches jeunes filles;
Ainsi tombe en été sous les courbes faucilles
Le bluet dans nos champs.

J'ai vu, le croirez-vous? j'ai vu plus d'une femme
Oublier son amant,
Profaner sa beauté, vendre gaiement son âme,
Pour un bracelet d'or, ou pour un diamant.

J'ai vu partout le mal, j'ai vu partout le vice;
Je l'ai vu sans remord
Opprimer le vaincu, régner par l'injustice;
J'ai vu partout la mort.

Venez me dire après que l'on vit d'espérance,
Et que tout doit renaître en un bel avenir!...
Pour moi, je n'y crois plus, et moi je veux mourir!
O rêves de quinze ans! rêves de mon enfance!
Pourquoi, rêves si doux, vous ai-je vus finir?

L'ANGE CONSOLATEUR

ÉLÉGIE

A HERMINIE

Lorsque le cœur de l'homme est déchiré, seule,
la femme aimée peut le guérir ; elle le peut avec
un mot, un regard, un sourire ou une larme.

—o ❦ o—

Il est une heure dans la vie,
Une heure de mélancolie,
Il vient une heure, il vient un jour
Où le ciel bleu paraît si sombre
Que sur nos fronts descend une ombre
Qui voile tout, — même l'amour.

On se prend à douter des larmes
Qu'on vit tomber de si beaux yeux.
Le rêve a fui sous les vieux charmes,
L'existence n'a plus de charmes.
Rien que la nuit, la nuit aux cieux,
La nuit qui vient pleine d'alarmes.

On ne sent même plus ses pleurs
Couler dans l'ombre monotone;
Tout est morne, les bois, les fleurs,
Et les fruits que mûrit l'automne.

C'est le noir désenchantement!
C'est le néant! plus rien! personne!
C'est la faux d'acier qui moissonne
Les épis d'or en un moment.

II

Mais Dieu, dans sa bonté suprême,
Compatissant à mon malheur,
Dit à l'ange, à l'ange que j'aime :
« Va consoler son pauvre cœur ! »

Et tu vins, dans un charmant rêve,
Tu vins murmurer de ces mots
Si pleins de douceur qu'ils font trève,
A l'instant même à tous mes maux.

La force renaît dans mon âme,
Je retourne à mes chers travaux ;
Ma lyre apprend des chants nouveaux
Pour te chanter, ô noble femme !

Je crois, oui, je crois à l'amour,
A la vertu pure et profonde ;
Et l'amour dont mon cœur s'inonde
Vivra jusqu'à mon dernier jour !

POUR VOUS PLAIRE

QU'A-T-IL DONC FAIT?

Vous admirez, belle marquise,
Du très-noble duc d'Hamilton,
L'esprit galant, la grâce exquise,
Et la tournure, et le bon ton.

Qu'il suive au bois votre calèche,
Vous admirez son phaéton;
Quand de son fouet siffle la mèche,
Vos chevaux piaffent au timon.

Vous admirez son air aimable,
S'il chante un soir de carnaval,
S'il gagne au jeu, s'il boit à table,
S'il ne dit rien, s'il valse au bal.

Vous admirez son éloquence
Lorsqu'il vous rime un madrigal;
Il a, ma foi, bien de la chance,
Car vous le trouvez sans égal!

Or, pour vous plaire en toute chose,
Qu'a-t-il donc fait? — dites-le-nous. —
« Il m'a donné ce ruban rose,
Et me débarrasse de vous. »

LE TREIZIÈME CONVIVE

Nous étions douze à table,
Buvant, riant, chantant;
Chacun semblait content,
Chacun narrait sa fable.

Survint un compagnon
Qui dit : « Votre chanson
Rend un lugubre son. »
. . . .
   — Dis-nous ton nom,
Sinistre compagnon !
     — Non, non !

. . . .
. . . .
. . . .

Chacun avait sa belle
Au geste audacieux;
Pour son air gracieux
On vantait Isabelle.

Champagne et chambertin
Circulaient à la ronde;
On oubliait le monde,
On était libertin.

Passe une pauvre fille;
« Va; poursuis ton chemin... »
Dansons jusqu'à demain,
En avant le quadrille !

Le sombre compagnon
Dit : « Votre violon
Rend un lugubre son. »
. . . .
— Dis-nous ton nom,
Sinistre compagnon!
— Non, non!

Et les femmes joyeuses
Dansaient, dansaient toujours ;
On froissait le velours
Et les robes soyeuses.

On profanait l'amour,
On chantait sa maîtresse,
On était dans l'ivresse,
Quand apparut le jour.

Partout les girandoles
Brillaient de mille feux ;
Chacun offrait ses vœux
A ses blondes idoles.

Le sombre compagnon
Soudain se prit à rire ;
Il tira de sa lyre
Un effroyable son....
     .   .   .   .   .   ,   .   .
     .   .   .   .

Ainsi parle Isabelle
Au triste compagnon :
— « Dis-nous, dis-nous ton nom!
Dis-nous, passant rebelle,
Quel est ton maudit sort ?

. . . .

— Retiens ceci, ma belle....
    On m'appelle
    LA MORT !

IMPROMPTU

La terre est aux dieux,
Le chêne a ses merles,
L'étoile est aux cieux,
La mer a ses perles ;

. . . .

Pour moi, j'ai bien mieux :
L'éclair de tes yeux !

2,

BON EXEMPLE

M. de Saluces, à quatre-vingt-deux ans, a pris,
dans les landes de Bordeaux, un cerf, et a fait sa
retraite à cheval ; c'est un bon exemple à suivre.
Souvenez-vous-en ! . . . .

Oui ! je m'en souviendrai, l'exemple en est trop rare ;
Chasser à courre un cerf à quatre-vingt-deux ans,
Malgré le vent, la grêle et les frimas cuisants,
C'est digne d'un Français ; sonnez une fanfare !

Mais pourra-t-on bien croire, en ce siècle pervers,
Où nos adolescents respirent la mollesse,
Où l'on ne prise plus ni l'amour, ni les vers,
Que tel peut être jeune en sa verte vieillesse ?

L'exemple en est trop beau pour l'oublier jamais.
Oh ! dites-moi comment il faut régler sa vie
Pour chasser dans les bois, vieillard digne d'envie,
A quatre-vingt deux ans, morbleu ! sans dire... Mais ?

A HERMINIE

Oh ! qu'une belle est plus à craindre
Alors qu'elle gémit, alors qu'on peut la plaindre !

A. Chénier.

Lorsque tu me regardes
Avec tant de douceur,
Je me tiens sur mes gardes
Sentant faiblir mon cœur.

Daignes-tu me sourire,
Mon pas devient plus lent,
Car je sens ton empire
Sous ton air pétulant.

Mais si je surprenais deux larmes
Voilant l'azur de tes grands yeux,
Je me verrais alors sans armes ;
Et, le cœur plein d'alarmes,
Je m'en prendrais aux cieux,
Et j'en voudrais aux dieux,
De faire un seul instant pleurer de si beaux yeux.

LE CIMETIÈRE DE MON VILLAGE

Il est dans mon village un ancien cimetière ;
Ah ! rien que d'en parler, je deviens tout pensif ;
Et, si l'on m'en croyait, la France tout entière
Voudrait être enterrée à l'ombre du vieux if.

Des lauriers, des cyprès, garnissent les corbeilles ;
  Même on y voit en plein hiver
  Se dresser le houx toujours vert ;
Quand renaît le printemps, les mouches, les abeilles
  Vont bourdonnant de fleurs en fleurs
D'une telle façon qu'ils font sécher les pleurs.

Puis lorsqu'en février mugissent les tempêtes,
  Que les chènes courbent leurs têtes,
  Que la vague sur les récifs
Se brise en écumant et que le givre tombe,
  L'orage épargne sur la tombe
Nos lauriers, nos cyprès, nos pins noirs et nos ifs.

J'y vis plus d'une fois une modeste fille
        A genoux près de la charmille,
        Portant le deuil de son amant
Qui repose là-bas dans notre cimetière,
        Y murmurer une prière,
Et puis s'en retourner, mon Dieu! presque gaiement

J'y vis encor, j'y vis plus d'une tendre mère
        Oublier sa douleur amère
        En rêvant à son pauvre enfant;
J'y vis, je vous le jure, un vieil octogénaire
        Réconforté dans sa misère
D'y voir dormir son fils, le soldat triomphant.

Nous avons, nous avons un si beau cimetière,
Que la prière y rend notre cœur plus joyeux;
Pour moi, je vous le dis, non! dans la France entière
On ne saurait trouver un seul if aussi vieux!

-o§o-

DÉSENCHANTEMENT

Peut-être ils te diront : « Votre amour lui fait mal,
    Le voyez-vous ? il rêve.....
Le voyez-vous là-bas, penché sur son cheval,
    Descendant vers la grève ?

Quand vient le triste hiver, quand vient le carnaval,
    Il passe ses soirées
Seul, au coin de son âtre ; il ne va plus au bal
    Voir vos robes moirées.

Jadis il fut un temps, la valse l'animait ;
    Un chevreuil à la chasse,
Poursuivi par cent chiens, dans les bois, l'enivrait ;
    Maintenant il se lasse.

Et ce qui fait son mal, c'est, dit-on, votre amour.
    Oh ! laissez-le, madame !
Qu'il se croie oublié ! Mieux vaut souffrir un jour
    Que de briser son âme ! »

II

Ne les écoute pas! Connaissent-ils mon mal ?
        Est-ce toi, pauvre femme,
        Qui peux briser mon âme ?
Non ! non ! c'est ton oubli qui lui serait fatal.

Lorsque le ciel est noir, lorsque survient l'automne,
        On cherche le soleil
        Et le rayon vermeil;
Ainsi l'homme recherche un amour qui l'étonne.

Il s'étonne de voir s'épanouir son cœur,
        Et de sentir sa tête
        Calme sous la tempête;
Il s'étonne de voir s'endormir sa douleur.

Bien mieux que le soleil tu sais, mon Herminie,
        Dissiper mon chagrin;
        Ton amour met un frein
Au désenchantement qui pèse sur ma vie.

SUBLIME NATURE

Oui ! vous êtes là, tous, esclaves de ce monde !
Implorant son suffrage ou tremblants à sa voix ;
Et que me fait, grand Dieu ! son jugement immonde,
Lorsque j'admire seul la profondeur des bois ?

Que me fait, que me fait son mépris ou sa haine,
Lorsque j'entends au loin la vague de la mer
Brisée incessamment sur le récif amer ?
Je ris, voyez, je ris ! car j'ai rompu ma chaîne.

Que me fait, après tout, son superbe dédain ?
N'ai je pas dans mon cœur une affection pure ?
N'ai-je pas chaque jour l'éclat de la nature,
Les étoiles la nuit, et l'aurore au matin ?

N'ai-je pas le parfum des myrtes et des roses,
La splendeur des couchants?
Et j'irais admirer tant de frivoles choses,
Quand fleurissent les champs!

Croyez-vous, croyez-vous qu'à travers votre ville
J'aille traîner mes pas,
Pour suivre vos beautés aux perfides appas?
Non! j'ai l'âme moins vile!

A moi l'azur des cieux et le chant des oiseaux,
Et les sentiers étroits et les moissons mûries!
A moi le soleil d'or et les vertes prairies,
A moi l'immensité des eaux!

PERTE IRRÉPARABLE

Oh ! qui me rendra les beaux jours,
Avant que je ne meure,
Les jours, les jours si beaux de mes jeunes amours,
Ne fût-ce que durant une heure.

Lorsque je songe à ces moments si doux
De ma jeunesse,
Je pleure, car le temps jaloux
A fait de ces moments des heures de tristesse.

Oh ! qui me rendra les beaux jours,
Les jours, les jours si beaux de mes jeunes amours ?

OH! JE REVIS ALORS!

Pour revivre il me faut et l'ombre des grands bois,
Et la brise des mers, et le bruit de la vague,
Le doux parfum des fleurs, d'un nid la faible voix,
    Et ce murmure vague
    Qu'on entend par les champs,
Lorsque tard dans la nuit l'oiseau finit ses chants.

Pour renaître il me faut ton regard, Herminie,
Tou sourire enchanteur, l'éclat de tes grands yeux,
Ta démarche légère et ta grâce infinie;
Oh! je revis alors, et je bénis les cieux!....

A HERMINIE

A d'autres vos fleurs !
A moi seul les pleurs !

Lorsque le soleil brillera,
Que vous vous sentirez joyeuse,
Et que chacun admirera
    Votre robe soyeuse ;

Quand vous viendra l'émoi
D'une douce harmonie :
    Oubliez-moi,
    Belle Herminie !

Mais lorsque le vent gémira
Un soir d'hiver dans les vieux charmes,
Et que votre œil se remplira
   D'humides larmes ;

Quand d'un chagrin l'effroi
Troublera votre vie ;
   Pensez à moi,
   Pauvre Herminie !

AMOUR

Aimez, aimez encore, aimez, aimez toujours !
Et, lorsqu'un soir d'hiver finiront vos amours,
Ah ! demandez à Dieu de voir finir vos jours.

3.

PAPILLON NOIR

Ah ! prenez, prenez, jeunes filles,
    Le papillon
Azur, orange et vermillon,
Qui voltige sous les charmilles.

Mais fuyez, fuyez, jeunes filles
    Fuyez le soir,
S'il vient pour troubler vos quadrilles,
Le papillon vêtu de noir.

ANGE OU DÉMON

Oui ! vous êtes toujours le même,
Toujours vous faites un sermon
Pour prouver que celle que j'aime
N'est pas ange, mais bien démon.

Quoi ! pour encourir votre blâme,
Vous ai-je dit une fois non ?
Mais qui peut dire, d'une femme,
Lorsqu'elle est ange ou bien démon ?

COQUETTERIE

Celle que vous aimez
Est joliment coquette ;
Pourtant vous ne blâmez
Jamais cette fillette.

Voyez la violette,
Cette modeste fleur
Dont l'odeur est si douce
Et sombre la couleur ;
Elle naît sous la mousse,
Sans soleil, sans chaleur ;
Mais son parfum décèle
  Celle
De qui j'ai trop vanté
Jadis l'humilité.

Et toujours fleur ou femme
Par son meilleur côté
Fait valoir sa beauté.
Bien fol est qui l'en blâme !

LA BEAUTÉ A SON PRIX !

Un vieillard morose
Me disait un jour :
« La beauté chez la femme est, ma foi ! peu de chose,
Et ne mérite pas nos soins et notre amour !
    Car à la moindre maladie,
Sa fraîcheur disparaît, et rien n'y remédie »

C'est vrai, dis-je au vieux galantin,
Qui, pour tousser, fit une pause ;
Mais pourquoi, dans votre jardin,
    Admirez-vous la rose
Qui fleurit dans la nuit et se fane au matin ?

LIS ET PAPILLON

Un lis de mon jardin disait au papillon,
         Qui sans cesse voltige
         Comme un vrai tourbillon
         De l'une à l'autre tige :

         « Pourquoi, petit flatteur,
         Caresses-tu la rose
         Et chaque douce fleur
         Nouvellement éclose ?
Comme elles n'ai-je pas la beauté, la fraîcheur ?
Viens, mon jeune ami, viens, et sur mon sein repose. »
. . . .
. . . .
. . . .
Non ! je craindrais, beau lis, de ternir ta blancheur.

ADMIRATION

J'admirais tout dans la nature,
Au temps passé ;
Des bois et des prés la verdure,
D'un ruisseau le faible murmure ;
J'admirais un vieux lierre au chêne entrelacé,
Et les astres sans nombre
Lorsque venait la nuit silencieuse et sombre.

J'admirais le duvet des fleurs,
Les fruits savoureux de l'automne,
Le couchant aux chaudes couleurs ;
Maintenant, plus rien ne m'étonne.

Non, rien ! Je n'admire plus rien !...
Et toute extase fut finie
Du jour où je vis Herminie,
Aux blonds cheveux, au doux maintien ;
Pour moi, dans la nature, elle seule fut belle... .
Je n'admirai plus qu'*Elle !*

TABLE

	Pages.
Quinze ans. — Trente ans.	4
Rêve et réalité.	5
L'Ange Consolateur.	9
Pour vous plaire qu'a-t-il fait ?	12
Le treizième convive.	14
Impromptu.	17
Bon exemple.	18
A Herminie.	19
Le Cimetière de mon village.	20
Désenchantement.	22
Sublime nature.	24
Perte irréparable.	26
Oh ! je revis alors !	27
A Herminie.	28
Amour	29
Papillon noir.	30
Ange ou Démon.	31
Coquetterie.	32
La beauté a son prix !	33
Lis et Papillon.	34
Admiration.	35

FIN DE LA TABLE.

9 782019 695835